詩集

ときのおわり

山田リオ

Yamada Rio

青磁社

ときのおわり

山田リオ詩集

ときのおわり

ときのおわりがくるひに
うでどけいをすてた

みんなどこかへいってしまったので
どこまでもあるいていったけれど
だれにもあわなかった
おーい
と
よんでみたが

からっぽのせかいが
あるだけだった

どんどんあるいて
とうとうせかいのおわりまできた
ときのおわりのひに
せかいのおわりは
がけになっていて
そこから
すべてのそらがみえた

その
がけのふちに

ひとがすわって
あしをぶらぶらさせていた
なつかしくて
そのひとのうしろにたった

そのひとは
そらをみていた
ろうじんのようでもあり
あかんぼうのようでもあり
おとなのような
こどものようなひと

そのひとが

みているそらは
あおくはれているようでもあり
くもでいっぱいのようでもあって
むすうのたいようがあるようで
まよなかのつきがでているようで
あめがふっているようで
かぜもふいているようで
とてもしずかなようでもあり
むげんのじかんの
すべてのきせつとてんこうが
ぜんぶそらをいちどに
すぎていくようでもあって

そのひとは
そこにすわって
そらをみていた

なつかしいような
うれしいような
かなしいような
さびしいような
だから
ときのおわりがくるまで
そのひとの
せなかのうしろに
じっと

いようとおもった
そらを
みていようと
おもった

部屋

その
灰色な
小さい部屋は
背中の真ん中からまっすぐ後方
約十二万五千リーグの位置にあって
つまりそれは
半無意識下の黄変した過去の
ラシャード砂漠の北北西
二丁目三番地のあたりにあるらしいのだ

その灰色な
小さい四角い部屋には
小さい四角い窓があって
小さく四角く切り取られた空が見えた
日の終わるときには
小さく四角く切り取られた空は
ポピーの花の色
薫製の鮭の色
ポルトガルのビードロのコップの色
カミソリで切った手首の肉の色に変わった

その灰色な部屋は
その上に部屋はなくて

その下にも部屋はなくて
右にも左にも前にも後ろにも
なんにもないので
それはつまり
灰色の小さな部屋は
浮かんでいるわけで

あの日は
灰色の部屋を出て
まっすぐ振り返らずに歩いて来てしまったから
そして今も
振り返って見ることはできないから
でもその灰色な小さい部屋は

背中のまん中からはるか後ろの遠くのほうに
今でも静かに浮かんでいるはずで

そして
今ではその部屋には
だれも住んではいないのだから
そこには
うす青い時間だけが
雪のように
桜の花弁のように
いまも
降り積もっているはずなのだ

夜の雨

電気の消えた部屋の
窓の外からは
雨の降る音が聞こえてくる
あたたかいベッドの中に横たわって
雨の降る音を聞いている
それは
無数の雨粒が
空の高いところから落下してきて
それぞれの粒が

屋根土石植物水家ガラス
いろんなものの上に落ちて
そしてそれぞれが雨粒から
水というかたちに戻る音なのだが
そうやって聞いていると
わたしが
野の獣や鳥になったような気持ちがする
なんとかして濡れないように
暗い夜のなかで
それぞれの場所でうずくまって
生きようと
朝の光を震えながら待っている
朝が来て

まだ生きていれば
夜の間に降ったきれいな水を飲むことだってできる

あたたかいベッドのなかに横たわって
雨の音を聞いていると
いつかホームレスになる日のことを
想像する
ホームレスになったら
やっぱり
野の獣や鳥のように
真っ暗な空を見上げ
どこか安全なやさしい樹木の陰で
雨に濡れてうずくまり

自分を抱きしめながら
朝が来ることを祈るんだろう
そして朝がきたら
木の葉なんかにたまった雨水を飲んで
陽光に光る梢を見上げながら
なにかに
朝まで生きられたことを
感謝するんだろう

曇りの五月

五月はいつも静かだった
来る日も来る日も曇りの五月
ジャカランダの紫色と空の色
樹の下の薄闇　やわらかな光
それはたしかに　憶えている
あの町が　遠い遠い場所になった　今
時間が　記憶を　消したらしく
自分があのころ　何を思っていたのか
いくら考えても　思い出せない　しかし

曇りの五月の　あの色だけは
今でも　まったく　変わらずに
私のなかの　ここにある

夢

夏が終わる日の午後に
小さな駅から
海に向かうバスに乗る
やわらかい座席にすわると
窓からの風は潮のにおいがして
空には純白の積乱雲
そして
道端にはコスモスもゆれて
目の前には

海に向かう道がまっすぐに
でも
夢はいつも
そこで止まってしまう
運転手さん
お願いだからバスを走らせて
もうすこしで海に着くから
でも
返事はない
もうバスも夢も
その先には行かない
いつもそうだ
いつだって

あの
海に向かうバスの
おなじ席に座って
途方にくれる
いつか
わたしの肉体が死んで
朽ち果てて
土に還ってしまっても
それでも
こころはきっと
あの小さな駅から
海に向かうバスに乗るだろう
あの席に座って

海に向かう道は
積乱雲の下、まっすぐに
窓からの風は潮のにおいがして
そして
道端には
コスモスもゆれて

カッコウ

おいしい、みどり色の風が
木々の枝を大きく揺らしている
たくさんの葉も
光ったり裏返ったり表になったり大騒ぎで
そんなにゆれる枝に
カッコウはとまっていて
枝と葉といっしょになってゆれている
ゆれながらカッコウは
おいしい風を吸い

ときどき、思い出したように歌う
カッコウはひとり
みどりの木のなかで
みどり色の風に吹かれている
今がどの季節なのか
今日は何月何日何曜日なのか
カッコウは知らない
自分がなんという国にいて
自分の名前がカッコウであることさえ
知らないで
ただみどりの中で風に吹かれてゆれているカッコウ
でもカッコウはいま
言葉にならない思いでいっぱいなので

とうとうがまんできずに
もういちど言ってしまう
「カッコウ。」

喪服

夢を見た。
ニューヨーク、グランドセントラル駅の
地下のバーにすわっている。
グラスの酒を呑んでいる。
それがすばらしく旨い。

誰かを待っているような気もするし、
そうでもないような気もする。

だいぶ時間がたって、
背後に、誰かが座る気配がして、
その人が、自分の背中に寄りかかってくるのを感じる。
その感触から、それが女であることがわかる。

しかし、振り返って見ることはしない。
その女は、じっとそのまま、自分の背中に寄りかかっている。
「ああ、この女は、喪服を着ているんだな」と
思うともなく思う。そういう感じが伝わってくるからだ。

ただ、そうやって、酒を呑んでいる。
酒は、おそろしく旨い。

眼

自分の写真がたくさんあるので
このさい
捨てることにした

燃えるゴミで、写真をそのまま捨てるのは
なんだか気持ちが悪いから
ハサミで細かく切ってから、捨てる

顔の部分は、特に丁寧に切り刻んで

それでも
紙片の山の中から
いくつもの自分の眼だけが
こっちを見つめている

紙片の山をかきまわして
眼の部分を取り出して
更に細かく、細かく
眼の写真を切り刻んで

それでも
山になった紙片の中から
無数の眼球がこっちを見ている

いくらハサミで切り刻んでも
自分の眼球は、そこに生きていて
じっとこっちを見つめている

新生児

声に出して読まれることのなかった詩は
けっして演奏されない楽譜のようです
それは
生まれなかった赤ん坊です

あなたが
声に出して読んでくださることで
はじめて　詩は命を得ます

あなたが
声に出して読んでくださるたびに
何度でも　詩は新生児となって
この世に　生まれ出るのです

形見

リトル東京には　日系人があつまる
多くは　高齢の移民の人たち

いくつかの　古びた食堂があるなかで
そういう　高齢の日系人のために
400円で定食を出している店があって

ぼくは　その店で昼食をとっていた
となりのテーブルで　定食を待っていたおばあさんが

青い紙で　なにかを折っているのを見ていると
それは　だんだんに出来上がってきて
青い蟹　であることがわかったから
「ああ蟹だ」とぼくは言った
そこで　おばあさんとぼくは
二人　顔を見合わせ笑った

定食がきて　それを食べ　番茶をのみ
立ち上がろうとすると
となりのおばあさんが　笑いながら
あの　青い蟹の折り紙を
ぼくの手に握らせてくれた

お礼を言って　蟹を胸のポケットに入れ
もう　二度と会わないかもしれない人に
お辞儀をしてから　店を出た
胸のポケットの中に　青い蟹がいて
胸の中には　あの　おばあさんがいる
ぼくはだまって　リトル東京を歩いた

時

時は過ぎ去る
そう
みんなは言う
時は
未来から
過去にむかって
あるいは
過去から
未来へと

流れてゆくのだと

でも
それはちがう
ほんとうは
時は
ひとつところに
じっと
たたずんでいるのだ

そうだ
ほんとうに
過ぎ去っていくもの

それは
わたしたち。

瑪瑙

狭い狭い庭の土を掘っていると、
石が出てきた
それはウズラの卵を扁平にしたような
赤茶色で半透明の石で
昔見た瑪瑙に似ていたので、
瑪瑙だということにした

でも名前なんかどうでもいいのだ
洗ってから磨くと、

その透き通る赤はますます輝いて
電灯の光に透かしてみると
夕日のようなあたたかい色になる

掌にすっぽり収めて握っていて
それをもうひとつの掌に移せば
瑪瑙は、不思議なほどにあたたかかった

本を読むときや、考え事をするとき
その石を、掌に握っている
ときには唇にあてて、
その滑らかさあたたかさをたしかめる

ベッドの枕もとのテーブルに場所をきめて
そこに、掌に握っていないときは、いつも置く

眠る前に、石を定位置に置き、電気を消す
朝、目が覚めると、石がまだそこにあるのを確認する
手に取ると冷たいから、掌のくぼみであたためる

出かけるときは、石がそこにあるのを見てから出かけ
帰ってきたら、まっさきに
瑪瑙が定位置にあるかどうか、確認する
瑪瑙を持って出かけることはしない。
もしも出先でなくしたりするようなことがあったら

どんなことになるか、わからないのだから。

彼岸

眠りから引き剝がされるようにして
目が覚めたとき
口の中に苦い味が残っていて
自分はバスの座席で眠っていたようだ

バスはからっぽでほかには誰もいなくて
ふらつく足で立ち上がりバスをおりると
そこは六番街の55丁目あたりのようで
白く雪に覆われた道をバスは

セントラル・パークの方向に走り去る

なぜバスを降りてしまったのか
考えてもよくわからなくて
道に積もった粉砂糖よりも細かい雪が
風に吹き上げられて渦をまいているほかは
人っ子一人いないし車もまるで通らない

日暮れのような夜明け前のような薄明かりの中で
寒さに震えて立ち尽くしている
いくら待ってもバスはもう来ない
この道を歩き続けても家に帰れるとは思えない
どっちの方向に自分の家があるのか

いくら考えてもわからない

ああもしかしたらこれは
夢なのかもしれない
目の前には大きな大きな川があるようで
これはきっとあのハドソン河だと思う
真冬だから河には白い流氷が溢れていて
氷の隙間には真っ黒な冬の水も流れていて
この流氷の上を歩いていったら
無事に向こう岸に着けるような気がする

ああそうだこれが「彼岸」という言葉の意味なのだと
心の中で納得して揺れる氷の塊を踏みしめ

風が強く雪も激しく前がよく見えないのだが
一歩一歩少しずつ進んでゆくのだ

気がつけば自分の前を
自分と同じような海兵隊の防寒コートを着た男が
同じようにうつむいて
氷の上を一歩ずつ歩いて行くのが
雪のむこうにうっすらと見えて

その背中がなんとも言えずなつかしくて
涙がこぼれるような気持ちがするまもなく
もう熱い涙が頬を流れて
ああこのなつかしさを「サウダージ」と言うのだった

お父さんその背中は遠い昔ぼくを捨てて行った
ぼくのお父さんですね
風にゆれるこの流氷の上で
あなたの背中しか見えないけれど
会ったことがなく顔を知らないけれど
その吹雪に霞む背中とこのサウダージそれは
まぎれもなくあなただという証拠です
逃げることはありませんよお父さん
ぼくはあなたを恨んだこともないし
とっくの昔にあなたを許しているんですから
ぼくはただ
あなたのとなりにほんのすこしの間
座っていたかっただけなんです

ただ
それだけのことなんです
ほんとうです

トンボ

そうやってわたしを隅に追い詰めて
なぐり続けていたら、いつかは
わたしがあきらめて、変わると思っているんですね
でも、わたしは変わりませんよ
あなたはわたしが
みんなと同じように変われば、安心なんでしょうが
わたしは生きているあいだは
みんなのようにはなれませんよ

雀をいくら叩いても、亀にはなりません
トンボの羽根をむしりとっても、アリにはならないし
ハネカクシにもなりません
羽根をむしりとったら、トンボは、死ぬだけです
みんなと同じになることがそんなに大事なことなら
あなたが変わればいい
あなたが変わって、みんなと同じようになればいい
わたしを変えることがあなたの願望なのなら
それは残念なことです

わたしは、こんなふうに生まれてきて
こんなふうに生きて、感じて
そしてこんなままで

終っていくのですから
それがわたしという人間が生まれてきたことの
意味なのですから
あなたの願いを叶えてあげることは
出来ない相談というものです

問い

今日から冬時間になる。それは、今日は一時間得をするということ。
なぜかというと、朝起きると昨日までは時刻は7時だったはずが、
時計の表示はいつの間にか6時になっている。
結果的に今日だけは二十五時間あるというわけだ。

朝6時というと、昨日はまだ暗かったのに今朝はうっすらと明るい。
外に出たら、昨日からの雨がまだ降っている。
暖かい上着を着て、帽子をかぶって歩き始めた。
いつも犬を連れて散歩しているおばあさんにも遭わず、

非常に不機嫌な表情で「おはよう」を言う女子中学生にも遭わない。

並木道を大通りの方に歩いて行くと、顔なじみのホームレスの老人が小雨の中、閉店した店の軒下で青いビニールシートにくるまって寝ているのが寒そうで、気にはなったが、そのまま大通りのコーヒーショップまで歩いた。

店に入ると中は暖かくてコーヒーのいい香りでいっぱいなのに、客は一人もいない。顔なじみのパブロが一人で立っているから、いつものようにコーヒーをたのんだ。パブロが「2ドル15セントだけど、今朝は特別に2ドルでいいよ」というのを、小銭も手渡して、大きな硝子瓶に50セントのチップを投げ入れる。硬貨が空っぽの硝子瓶にあたる気持ちの良い音が店の中に響いた。

窓際の椅子に座って熱いコーヒーを飲むうちに、外の雨脚が激しくなってくる。

あわてて立って、パブロになにか言ってから外に出た。

雨はますます激しく降ってきて、もうすこし中で待っていれば小降りになるかもな、とも考えながら早足で家に向かった。


雨は帽子の中にもフリースの上着の中にも滲みてくる。

コーヒーのカップを持っている手だけが温かい。

そうやって静かな、誰もいない雨の道をまっすぐ歩いて行くのは、なんだか贅沢な気もする。

心の中で、なんとなくわだかまっていた問いに、
今、言葉ではない、でも、はっきりとした形の答えが返ってきている。
人生は、こんなかたちで自分の問いに答えを送ってくれるのだなあ。
そんなことを考えながら歩いていると、

頭や体がますます冷たく濡れていくのも、もう気にはならないのだった。

残照

海は荒れていた
波は渚で砕けたあと
砂の上になめらかにひろがって
一瞬、鏡になった
それは暗くなり始めた銀色の空や
日没のあたたかい光を反映する

あの日、渚に造った砂の城は
今は、どこにもない

あの時、波が洗い去って
きれいになくなってしまったのに
なぜわたしは今になってこんなにも
あの砂の城を守ろうとしているんだろう

空の光が失われてゆくとき
潮が満ちてくる、風が吹く
海の匂いと
打ち上げられた海草が死んでゆく匂い
ここには、守るべき何物もない

あの砂の城の記憶は、今でも
わたしの中のここに

すこしも変わらずにある
ほかのだれも
それが今ここにあることも
それが一度は、あそこにあったことも
知らない
たとえあの日、それを見た人がいたとしても
砂の城のことを、その人は
あの日に砕けた無数の波と同じように
すぐに忘れてしまっただろう

それならば、人の一生は
砂の城、なのか
もしそうならば、なおのこと

わたしは、砂の城を守りたい

空の光が失われてゆくとき
潮が満ちてくる、風が吹く
人は立ち去り
海鳥は帰っていった
わたしは
わたしの中にある砂の城を
いつまでも守りたいと思う

昆虫

わたしは、昆虫になりたい
本能という神によってプログラムされ入力された手順に従って
考えることなく、しかし間違いなく設計図のままに行動し
孵化し、脱皮し、変態し、食い、交尾し、繁殖し
短い生をまっすぐに生きて確実に死んでゆく
そういう昆虫になりたい

朝露に濡れた草むらに住むセスジツユムシでもいい
ルビーやエメラルドのブローチのようなハンミョウもいい

水辺の妖精のようなクロイトトンボも
青い空をその体に写し取ったようなヤマトシジミもいい
金色と緑に輝くコガネムシでもいい

明日の生活の心配で眠れない夜を過ごすこともなく
死への恐怖をながながと想像して苦しむこともない
まわりの虫たちが自分をどう思っているかなど考えたこともなく
ただ、愚かに、今日を生きる

昆虫は過去の記憶をたどることもないから
失敗や失望や裏切りや恨みを疲れ果てた牛のように
何度も何度も胃から吐き戻してまた噛み砕き味わうこともなく
誰が良い虫で正しく、誰が悪い虫で間違っているかなどわからない餌になる虫が来れば殺して、食う。ただ、生きるために。

短い一生をすこしも疑うことも迷うこともなく
後悔も不満も嫉妬も優越感も成功も失敗もなく
愚直に、しかし全力で、まっすぐに
あっという間に走り抜ける
あの昆虫になれたら

日没

麦畑の中のバス停で
バスを待っていた
夕日は麦畑のむこうに沈みかけて
麦の穂は金色に輝いてから
暗いオレンジ色になった
それでもバスは来なかった

よろず屋で革製の手帳を買った
明日のページのない手帳

来週も来月も来年もない
今日だけの手帳をください
今日のページだけあればいいのです

昨日も明日もない手帳を手に
暮れかかる麦畑のバス停に立っていると
夕日は半分、地平線にかかったまま
いつまで待っても、沈まなかった
いつまでもいつまでも
夕日はそこにあった

ほっぺた

スーパーの出口に立っていたら
自転車に乗った母子がやってきた
三歳か四歳くらいの女の子をおろして
母親は自転車置き場のほうに行く
女の子はそこに立ってこっちを見ていたが
ぼくのほうに歩いてきて
なぜか、急にスナフキンになって
上目遣いにぼくを睨みつけたから
ぼくもスナフキンになって

高いところから、　にらみかえす

彼女はしばらくそうしてから
眼をそらし、むこうに歩いていって
立ち止まり、こっちをふりむいて
ほっぺたをふくらませた
こっちも、ほっぺたをふくらませて、お返しをする
女の子は、ぼくのそばまでもどってくると
かたっぽのほっぺたをふくらませて
ぼくに、「舌でやってるか、やってないか」と聞く
ぼくも片方のほっぺたを舌の先でふくらませてから
「舌でやってる」と答える
すると彼女は、こんどは反対のほっぺたをふくらませて

「?」と言う顔をするから
「それは舌じゃない」とぼくが言う
そんなふうにして、ふたりは、しばらく遊んだ
お母さんがもどってきたので、そこで、ぼくたちはさよならをした

ちがう

ここではないのかもしれない
ずっと前に　書いたことがある

それは　かすかな　でも
なんども戻ってくる　あの感じで
どこの国の　どんな場所にいても
あるとき　ふと　よみがえる
わたしって　ここにいても　いいんだろうか
もしかして　ここにいるのは　ちがうんじゃないか

という　あの　かすかな　居心地の悪さ
でも　その言い方も　すこし　ちがう
なんとなく　いたたまれない
そういう不安感を　英語でmonachopsis
モナコプスィス　と　いうらしい
でも　それも　ちがう
その言葉では　ない
そういうことでは　なくて
世界の　どこに居ても　ときどき
不意にやって来て　そしてまた消える
あの感じのことだ

麻のシャツ

あの頃　あの町の　古着屋には　いつも　助けられた
あの　砂漠の　小さな町に　住んでいた頃だ
あの日　１ドルで買った　この　古い　麻のシャツは
買った時には　すでに　かなりの　貫禄だったのだが
ずっと　着て　着続けて　今でも　お気に入りなので
夏になれば　箱から出して　着る　自然と　笑顔になる
このシャツは　風が通り抜けるし　汗もすぐに乾くから
あれから　もう　永い　永い　年月が　経ったけれど
思い出が　いっぱい　染み込んでいる　この　ボロいシャツは

何があったって　ゼッタイに　捨てるわけには　いかないんだ
どんなに　高価な服よりも　大事な　大切な　ボロっちい　麻のシャツ

写真

きみに　会えなくなってから
ずいぶん　永い　時間がすぎた
今朝は　また　きみの写真を見て
あの時代のこと　きみとのことを　思い出していた
きみによく似た　子猫を探そうとか
代わりの猫を　飼おうとかは　一度も　考えたことはないんだ
これからも　いつまでも　ずっとそうだよ

魔法の指輪

魔法の指輪は、ロシアの友人がくれた、琥珀の指輪だ
指にはめる部分は銀細工で、琥珀は大きな飴玉の大きさ
色もあめ色で、中に数万年前の空気の泡が閉じ込められている
その指輪をいつも、小指にはめているのだが
なぜか、よく行方不明になってしまう指輪だ

最初になくした時は、洗濯物のかごから見つけた
外から帰って、シャツをぬいで指輪をはずしたときに
まぎれこんだのかもしれないが、よくわからない

二度目のときは、家の玄関の前で見つかった

なぜ、そこに落ちていたのかは、考えてもわからない
人も通る場所だし、大きい石だから目立つのに
だれも拾わなかったのは、なぜだかわからない
きっと、指輪がかってに歩いて帰ってきたのだろう

三度目になくしたのは、数日前だった
今度こそ、もう見つからないだろうと思って
休みの日に、車を洗ってもらいに行った
機械で車を洗うのは、好きではないので
遠いけれど、すべてを手洗いしてくれるメキシコ人の店に行った

十人ほどのメキシコ人が手分けして
カーペットについたチョコレートの汚れだって、黙って洗ってくれて
洗剤でこすったり、流したり、ふいたり、三十分もかけて
ピカピカに磨きあげて、タイヤにオイルをぬって
それで、10ドルくらいなのだ

チップを3ドルわたして運転席に座ったら
そこの、いつも携帯電話を置く場所に
あの魔法の指輪が、きちんと置いてあった
洗ってくれたメキシコ人のおじさんを呼んで
「エンクエントラ？」（みつけたのか？）
「スィ、ペルディド？」（そうだ。なくしたのか？）
「スィ、ムチャグラシアス」（そうだ、どうもありがとう）

「プレシオサメンテ?」(だいじなものか?)
「ムチョ、プレシオサメンテ」(とてもだいじなものだ)
それで、5ドルあげた
あとで、10ドルあげればよかったと思った
そうやって、魔法の指輪は、三度、わたしの小指に戻ってきた
今、琥珀はまた、夕陽のあたたかい色になって、ここにある。

猫

人はみんな　失望しながら生きていくんだろうか
生まれてから　生きていく間に
人生に期待し　たくさんの人と出会い
想像し　希望し　経験し　そして失望する
他人に失望するという　わたしだって
くりかえしくりかえし　人を失望させながら
自分で自分に失望しながら　生きていくんだろう

でもかりに　けっしてわたしを失望させない

そういう人がいたら　どうだろうか
きっとその人と　夜が更けるまで語りあって
疲れたら眠って　目が覚めたら　また笑ってさっきの話の続きをしよう
わたしは　わたしが好きなもののことを話そう
心屈した時に助け起こしてくれて
また立って　笑って歩いていけるように　勇気をくれる
そういう　わたしのたいせつな物たちのことを話そう

そして　その人はきっと
その人がいっしょに暮らしている　猫のことを話してくれるだろう
雨の日に窓の外を見ている猫の
うしろ姿の輪郭の線のことを
晴れた朝に開いた窓に座って

一日の初めの　うすみどり色の空気の匂いを嗅いでいる
その猫の幸福な表情のことを
ドアのそばでその人を待っているときの　首をかしげた猫の耳や姿勢のこと
呼ばれて返事するときの　その猫の声や
柔らかな毛の下の　ごつごつした骨のことも
その人のベッドで　さっきまで寝ていたけれど
もうむこうに行ってしまった猫が　シーツに残したあたたかい手触りのことを
猫のざらざらした薄い舌や　ビロードのような掌のことを
硬くとがった柔軟な髭のことを
そしてその猫の　北欧の深い湖のような目の色のことを
くりかえし　話してくれるだろう

もしも　そういう人が　ほんとうにいたとしたら

わたしは　けっして失望することはないだろう
たとえその人にとって　わたしが
その猫の何十分の一の価値もなかったとしても
それでも　わたしはいつでも微笑んで　心屈することもなく
満ち足りて　生きていけるんだろう

インコントラ（めぐりあい）

夢を見た
それは過去に何度も見たはずの夢で
でも、おそろしく永い夢のようだった
その夢の中で、自分は
夜の街の道端で雨に濡れて立っていた
打ちひしがれ、飢えた野良犬のように
いつもと同じ街角で、だれかを待っていた
気が付くと、ああもう時間だ
間に合わないかもしれない

演奏会が始まる前のコンサートホールの楽屋
たったいま、抱えていたはずの
ヴァイオリンを入れたケースがどうしても見つからず
みんなは白いディナージャケットなのに
自分だけが、黒いタキシードの上着を着ている
楽譜も、どこにいってしまったのか、わからない
ステージに出てゆくと、客席は満員で
指揮者は、今、指揮棒を振り上げている
オーケストラは、自分以外の全員が
今、弾き始めるという、その時なのだ

いつだって、そうだ
けっして間に合うことなんか、ない

夜の街の道端で、冷たい雨に濡れ
ふるえながら立っていると思ったら
もうすでに、高い高いビルの屋上から落ちていた
はるか下の、うす緑色の水にむかって、石ころのように
やわらかな光射す水に、まっすぐに落ちてゆく

落ちてゆくことも、道端に立って待つことも
濡れた道路標識も、氷のように冷たい電信柱も
雨に光る路面も、演奏会に遅れてしまったことも
それは、わかってほしいからで
だれかに、わかってほしいからなので
わかってほしいという思いだけが、肉体を離れて
墜落したり、一人歩きしたり

ヴァイオリンケースを抱えたまま
みんなの冷たい視線を受け止めて
立っているのだよ

そうやって　限りなく永い時を待ち
歩き、走り、落ち、佇み、濡れ、そのすべてを繰り返し
結局は、最後は、あなたにめぐりあってしまう
あなたにめぐりあい、ああ、あなたに
わかってもらい、ゆるされ、ゆるしあい、みたされ
気が付けばまた、一人、冷たい雨の路上にいる

くりかえしくりかえし、同じあなたとめぐりあい
ゆるし、ゆるされ、わかり、わかられ、わかりあい

数限りないめぐりあいを
たった一人のあなたと繰り返す
インコントラ、インコントラ、インコントラ
けっして目覚めたくはない、終ってほしくない
この夢こそが、生きるということの意味なのだよ

とうとう

石には　石だけが　待っている　時があった
アザミは　アザミで　ゆれていた
ミンミンゼミは　ミンミンゼミの　唄を
雲は　別れた　風とも　空とも　別れた

みんな　ひとりで　時のなかを
ひとり　ゆれながら　行った
ひとりは　ひとり　唄った
ひとりは　別れた　ひとりで？　ほんとに？

みじかい　ことば　ちいさい　ことば
とうとう　さいごまで
言われなかった　ことば　は
とても　広かった　大きかった

無人駅

どんなにか怖れていたもの
いまそれはただ懐かしくそして近く
わたしがいつか訪ねて行くその日を
静かに笑って待っている

それは水面《みなも》に揺れる木漏れ日
うすみどり色に芽吹く椽《くぬぎ》の林
線路が尽きるところに佇んで
ゆっくりとゆっくりと朽ちてゆく無人駅だ

ああ季節はめぐる歳月は加速する
すべては窓の外を音を立てて翔び過ぎる
いまわたしにわかったことそれは
怖れることは何一つないということ

生きてゆくことの不安に比較すれば
死はなんとおだやかな顔をしているんだろう
線路が尽きるあの場所で待っている
あの無人駅には無言の微笑みだけがある

あとがき

　これは、ぼくの初めての詩集です。収録した詩は、二〇〇〇年から二〇二二年の間に書いたものです。

　今思うと、詩を書き始めたのは、ぼくの病気がだんだん悪くなってきた頃で、それでも仕事をしながら病院に通い、詩を書いていました。

　病気は悪化していきました。それから、病院で、もう危ない、ということを言われ、結局、幸運にも、二〇〇八年に臓器移植手術を受けて、命をつなぐことができました。

　ですから、この詩集は、ああ、自分はもうすぐ死ぬんだな、と思った頃に書き始めて、その後の生活の中で書いて行ったんだな、と、今は思います。

ぼくの病気は、勝手気儘に、かなりデタラメに生きてきたぼくの自己責任、と言われれば、その通りです。それでも、なぜか、生き延びる事が許されて、この詩集が残りました。

そして、迷惑かもしれませんが、この詩集は、ぼくを、長い間、ずっと辛抱強く支えてくれた妻と、気まぐれで気難しいぼくに付き合い、助けてくれた友人たちに贈りたいと思います。

詩集の出版にあたって、ご指導頂き、勇気を頂き、校正、監修も快く引き受けて下さった青磁社の永田淳様、ほんとうに有難うございました。

二〇二三年二月十一日

山田　リオ

詩集　ときのおわり

初版発行日　二〇二三年四月七日
著　者　山田リオ
定　価　二〇〇〇円
発行者　永田　淳
発行所　青磁社
京都市北区上賀茂豊田町四〇－一（〒六〇三－八〇四五）
電話　〇七五－七〇五－二八三八
振替　〇〇九四〇－二－一二四二二四
http://seijisya.com
装　幀　加藤恒彦
印刷・製本　創栄図書印刷

ISBN978-4-86198-560-7 C0092 ¥2000E